# Rhian Cadwaladr

## a Jac Jones

ⓗ Gwasg y Bwthyn 2019
ⓗ Rhian Cadwaladr 2019
ⓗ Jac Jones 2019

ISBN: 978-1-912173-30-3

Cyhoeddwyd gyda chymorth ariannol Cyngor Llyfrau Cymru


Cyhoeddwyd gan
Gwasg y Bwthyn, Caernarfon
gwasgybwthyn@btconnect.com
Rhif cyswllt: 01286 672018

Mae gan Nedw dair nain.

Mae gan Nain Dre wallt pinc. Pan mae hi'n cerdded,
mae ei chlustdlysau hirion yn siglo o ochr i ochr. Mae
hi'n gwisgo lipstig yr un lliw â'i gwallt, ac mae sodlau ei
hesgidiau yn rhy uchel i ddynes o'i hoed hi, meddai Mam.

Nain Llan sy'n gwneud y cacennau gorau yn y byd,
yn ôl Dad. Tydi Mam ddim mor siŵr.

Unwaith, fe adawodd Nain Llan i Nedw
fwyta cacen siocled anferth i gyd ei hun.

Y noson honno roedd bol Nedw yn brifo
ac fe daflodd i fyny dros ei wely i gyd.

Mae Nain Elsi yn hen iawn. Mae Nedw yn gwybod hyn achos mae ei gwallt hi'n wyn ac mae patrymau dros ei hwyneb i gyd. Mae Dad yn dweud mai ei nain o ydi Nain Elsi, ond mae o'n ei rhannu hi efo Nedw.

Mae Nedw wrth ei fodd yn nhŷ Nain Elsi. Mae Nain yn gwneud brechdanau sos coch iddo fo – a brechdanau siwgwr.

Pan mae hi'n amser mynd adra mi fydd Nain Elsi yn gwasgu
punt i law Nedw i brynu da-da. Swllt mae Nain Elsi'n galw'r
bunt. Arian erstalwm ydi swllt, meddai Mam. Weithiau mae
Nain yn galw Nedw yn Huw. Enw Dad ydi Huw.

Mae Nedw yn cael llawer o hwyl yn nhŷ Nain Elsi,
yn enwedig pan mae Nain yn tynnu ei dannedd
gosod o'i cheg ac yn smalio rhedeg ar ei ôl.

Mae Mam yn dweud y bydd Nedw yn medru tynnu ei ddannedd
o'i geg hefyd os bydd o'n bwyta mwy o frechdanau siwgwr.

Mae Nain Elsi yn gwneud pethau rhyfedd weithiau, fel rhoi diod sgwosh i Nedw heb roi dŵr ynddo, a mynd i'r siop yn gwisgo ei slipars.

Mae Mam a Dad yn mynd i gornel a siarad efo'i gilydd yn dawel pan mae Nain Elsi'n gwneud pethau rhyfedd.

Un diwrnod, fe ddywedodd Dad fod
Nain Elsi yn symud i fyw i gartref newydd.
Bryn Briallu ydi enw cartref newydd Nain.

Mae Nedw yn hoffi mynd i Bryn Briallu i weld Nain Elsi. Mae llawer o bobol efo croen patrymog fel hi yno – ac mae pawb yn gwisgo sbectol.

Mae rhai o'r bobol yn rhoi anrhegion i Nedw.

Weithiau fe fydd Nain Llan yn drist ar ôl bod ym Mryn Briallu. Mae hynny'n gwneud Nedw yn drist hefyd, er nad ydi o'n gwybod yn iawn pam.

Pan mae Nedw a'r teulu yn mynd i weld Nain Elsi rŵan, tydi
hi ddim bob tro yn cofio pwy ydyn nhw. Ond maen nhw'n dal
i fynd yno i'w gweld achos maen nhw'n cofio pwy ydi hi.

Beth am i chi wneud llun o Nain neu un o'r neiniau yn y stori?